無言館にて

村松 英

思潮社

無言館にて

村松英

思潮社

カバー写真＝著者
装幀＝思潮社装幀室

目次

無言館にて

停電

明治八年生まれの祖父は
炭の掘り炬燵に　座って
テレビの大相撲中継を見る日課
あの頃は　よく停電した
蠟燭を灯した
百め蠟燭と呼んでいたが
百匁なのか　百の目に値するのか
幼児の私には　不明

東京オリンピックの年の夏
祖父は　亡くなった
生涯に停電は何度あっただろう

隣に越してきた水車を所有する精米屋の老人が
水車屋を水力発電所に売ってしまった後
電燈が点いたのだから
長い生涯でも　そんなに電気は要らなかったはず
停電より点燈のほうが
記憶に残ったかもしれない

停電は　懐かしい人たちの呼び声と手招き

あの年の冬　大雪が降った日
わが家の集落だけ　一晩中停電した

電線に雪が積もって　重みで切れたって噂だ
突然の停電　光が無くなり　全てが分かった
みんな止まったってこと
炊飯器のご飯　電気の炬燵　七時のニュース
天井の蛍光灯　台所の電気ストーブ
いつもと変わらぬ夕餉の場面

舞台の暗転　間をおかずリセット　と思っていたら
長い　長い　暗闇　寒さ　静けさ
仏壇の華奢な蠟燭を灯し　懐中電燈を探す
親子で身を寄せ　早々に眠った

あの年の夏　ニューヨークの大停電
釈然としない混乱と混迷
コンピュータウィルスか　テロか
いや　ヒューズがとんだか

けれど
蠟燭でしのげば　朝は来る　夜も来る
明るい陽は　毎日昇る
見えても見えていなくても　陽は毎日昇る

幼かった頃　頻発した停電
「ヒューズがとんだ」と大人が暗がりで言う
懐中電燈で照らし　すぐに直せる回路
「あたしにも直せる　痺れるのはこわいけど」

何の啓示か　懲らしめか
停電は　懐かしい人たちの呼び声と手招き

ガンジス川の帳消し

あいつらを見ていると　油断できないって
腹を壊すって　ずっと思ってたけど
ガンジス川を見ちゃうと　だめなんだ
みんな帳消しって気がしてくる
何でもかんでもまかなう川
お茶の水　沐浴の水　洗濯　水葬
便所の水　煮炊きの水
ああ　人間は水生生物から進化したのだった
水中が生命の始まりだったはずだ
単細胞のアメーバのように増殖し続けて
ヒト・コンドリアになりおおせた

けれど
ガンジス川は　太古のアメーバだった水生生物を忘れない
忘れないよう警告する
汚いって？
不潔だって？
コレラ菌もイチコロだって？
本邦一流のシンクタンクのシステムエンジニアも
長期休暇の嫌味を蹴散らし
水生生物の思い出にふける
寺の跡取り娘は　男か女か忘れて
インドヨーロッパ語族たちの　四十億年昔を
釈迦なんぞ飛び越えて察知する
大乗？　いや　小乗？
いやいや　誰でも彼でも　みんな帳消し
人生も　世界遺産も　慶弔儀礼も
どうでもいいので　店じまい

讃歌

――相馬小高神社　馬くいくお守り

〽眠れない夜と雨の日には　忘れかけてた愛がよみがえる

三十二年前の五月　というのに三十度をこえる真夏日
布団を敷いたままの部屋で　ごろごろ考えていた
「早くこの重苦しさを乗り越えたい」
そして　水無月　雨は降っていなかったが　眠れない夜
皆に　会いに来た
それから三十年余
内緒にしておく恋人のように

顔を見たくて　仕事が終れば一目散に帰った
職場の付き合い　自分の時間　習い事
なんて邪念は消し去り
愛しい男のため　そして　二年後　愛しい女のため
三十年余の間　秘めた愛をあたためていた　はずだが
忘れかけていたかもしれない　恋と愛
羽化していくときかもしれない
どこへ飛び立つ？
二人への恋は　形の無い不安といつも背中合わせ
うまく成就できないかもしれない畏れ

けれど　ここまできた　うまくいく
相馬小高神社　馬くいくお守り
皆　人生の眠れない夜を越えて　老いていく
恋人をおもい　力を得て　あしたを生きる
二人は　母の秘密の恋人であり続ける

人が泣くのは

Ⅰ　少年の涙

裂けて歪んだゴムボールを涙で貼ると言い張る
生まれて七年しか経たない少年M
きっぱり　直す　と言う
そうだ　それしかない
瞬間接着剤として　涙はとても有効である
ゴムボールが破れたくらいじゃ
二、三秒で直せる

涙が不足する場合　または無い場合
それに替わるのは何

さよならだけが人生　なので涙は侮れない
ポロリと眼から滴る体液の一種
それに全てが含まれています
含有成分それぞれが担っていた役割も
ポロリと外界に現れて
滴ったところで　お別れです
みんな元気で　涙の元素を溜めこんでね
別れにそなえて　ポロリと垂れるときまで
できるだけたくさんの成分が含まれていると
極上良質のいい涙です

ドライアイに苦しむ大人たちは

子どもの時　涙を溜めこんでいなかった
今から蓄えようとして　溜まる涙はちょっと純度が落ちる
ドライ愛は根治不可能だけど　一病息災と自覚すれば
瞬きを頻繁にしたり
涙成分の目薬を点したりしながら
死ぬまで共生可能
涙は見せるものではなくて
滴らせる外分泌液

II　おふくろの涙

おふくろが泣いてた
八十年も昔のこと
納戸の隅で
どうしてか　あの時はわからなかった

泣いてたわけは　知らない　わかるはずもない
三つばかりの幼子が　尋ねる言葉も知らない
八十年かけて覚えた　声に出すことはない問
「おふくろ　どうして　なくんだ」
三十年前に死んだおふくろに　ずっと聞いていた

泣けば　なんとかやりすごせる
納戸の隅の暗がりで　人知れず
涙で薄まることが　たくさんある　八十年でわかった
歯をくいしばって　なんて言葉は思いつかなかった
隅で背を向け　泣くことは
生きるやり方なんだ　やり過ごす心意気なんだ

どうして泣くのか
今なら

ストレスのせいにしておこう　と
自分を慰める
愚痴を言うなんて　はしたない
自分への褒美　なんて贅沢な
納戸の隅で　涙がくれるコラーゲン
人知れず蓄えていたＤＨＡ
だれも知ってはいけない　涙のわけ

こそばゆさの論理性

何かこそばゆい感じを残したいんですよ　ね
気持ちがざわめくような居心地の悪さ
何か引っかかる気持ちを起こさせるような　ね
美意識って言われても　ね　十人十色でしょ
不易流行は意識を規定するんですか　ね
そうは思えないんだけど　ヤマンバですよ
眉をひそめる人は多かったし　すぐ淘汰されましたけど
一時的にせよ流行ったわけです
こそばゆかったですよ　ね　ガングロは

下水道工事の音が　ここんとこずっと続いてますけど
やっぱり慣れないんだ　ね　いつも音がするというのは
ざわめくような不快感だ　ね

論理的思考が途切れているかのように書かれて
深層で繋がっている水脈を探らせようと企んで
彼自身の論理を展開しているのだ

読んでいると　分かるのだが
詩も文学も実学なので
そこで利するものが　彼にはたくさんある
例えば　金品
生活の糧である文学は　彼の生業
そこで彼は考える
実学は　生きる糧となりうるので
天下のまわりものは　いつか必ず自分のもとへ

という論理的な思考を導き出す　のを
気付いてくれることを願っているところまで
穿って　思考しているのだ

読んでいる君は　自分と同じ金品を得ているか
「どうだね　儲かりまっか」　「ええ　ぼちぼちでんねん」
この構図は　彼の発見だ
文字を書いて金品を得ることは
彼にとって　まことに切実な実学
他に代われる論理的思考は儲からない
誰も付いていけないロジックは
ノーベル賞のように
三十年後の実利を期待するので
たった今は　実学たりうる

相聞歌

日本人の平均余命は　世界一

わたし　あと三十年　生きなくちゃ
あなた　あと十五年　生きるらしい
わたし　一人で十五年　生きていくんだ

孫や子供たち　どうなっているかわからないけど
とにかく
あなたは十五年くらいってこと

わたし一人は十五年くらいってこと
十五年経ったら　一緒にいなくなろうか

紅葉マークの自動車に乗ってドライブして
砂浜を歩き　川べりにたどり着く　十五年かけて一緒に
一人で生きているおばあさんの　わたし
あなた　憐れだと思ってくれるでしょ
二十五年がんばってくれるかしら
お父さんと同じように　九十一歳まで
比翼の鳥連理の枝って　そういうことだと思うけど

わたしとあなた　いなくなると　みんなが悲しむよね
残った人たちみんな
でも　順番なら　みんな　年下だから
そういう人たち　すぐ立ち直る
きっと　次は誰かなんて　心の中で覚悟する

わたしたちのこと　見ていて
やりたかったこと　知りたかったこと
みんなできたから　もういいのって思って　いなくなろうね
どこか　ここからはわからない　虚空のどこかに向かってね

Mass Production

俺のほうが　先に決まってる
ベビーブーマーだったから
生まれるからずっと　競ってきたもの
死なないでいることまで　競えって言うの
中学は　生徒が多いから造った新設校で
高校なんか十二クラスもあって　一学年八百人いた
いつも　マスプロだった

今も　続いてるかどうか実感はない
でも　東京の街　歩いていると
行き交う人たちは　老いてきた気がする
人数の多い俺たちが　白髪になって　肥満して
似合わないジーンズ穿いて
それでも　競って早歩き

そんなんで　七年もインターバルとって
ゆっくり歩くなんて　無理な相談
オムツからランドセルまでの時間は　埋め難いと
いつも言って聞かせてきただろう
だから　一人で生きているおばあさんの準備をさせるのが
俺の　愛ってことかな

慇懃な現代史

わたくしは　しばしば
慇懃無礼と言われてしまいます

歴史学の講義中　突然
こんな気遣いをしていたT助教授は
近代史の専攻で
現代史を諦めたようだ

えっ　知らなかったの　みんなお葬式に行ったよ

そうですか　私は違うクラスでしたから
きっと教えてくれなかったんだと思います

ゼミで講読した大久保利通のことを
私は　評判がもうひとつの大久保はいい人だと思う
と　その時　言ったはずだ

大久保は　既に死んでいる近代史である
T助教授も二十五年ほど前に
死んでいる現代史である
二人とも慇懃でいい人だった
評判がもうひとつで　無礼と誤解されて気の毒だ

慇懃なのは結構ではないか
私も　心は慇懃である
他に　極めて謙虚である　と思っている

と　謙虚にはなれない肉親に居丈高に言う
グローバルでリベラルで　私を守ることは
今の世の中では
諦めと背中あわせなのである　現代史

Selfish

目をそらしてきたから
ガスが噴き出してしまった
そのにおいに　誰もが気を滅入らせる
消臭剤など対症療法というべきで
においは沈殿したまま　発酵継続中である

この臭気で　何もかもが厭になる

虫歯と同じだ

寝ても　起きても　食べても　水を飲んでさえ痛い
ぬかりなく歯磨きをして
二度と虫歯になるまい
と自戒するばかりである
無常だが　虫歯は快癒しない病である
元の健全な歯には　決して戻らない

今のところ痛くはない
虫歯を押さえこんでいる
このまま死ぬまで　現状の歯を維持したいと思う

そうは思わないか　Selfish
足元に目をやり
何がこんなににおうのか
仕掛けられた悪臭に気付きたまえ　Selfish
独立不羈の魂で

発酵物質を封印すべきじゃないだろうか

欲しいものは全て買って帰りたい
と　澱みなく語った観光客
有り金すべてで　幸せが購えるのか

勝ち負けの場で　我を張るSelfish
独りよがりの言い訳をまくしたてる
君たちの土俵は
紀元二世紀の天動説に依っている
勝ち負けの場は
イデオロギーの表明に相応しいと思うSelfish

はらからは　返す言葉を持たない

もどかしい多様性の実態

私は　一般市民なので
テレビのニュースや新聞記事は　深く考えずに信じる
まさか　捏造だなんてことは考えない
常識を拠り所にくらしている
天気予報や交通情報は　一過性である
事件や事故も
警鐘なだけ一過性の情報である

空爆はちょっと違う
私は　当事者なのである
あなたも当事者として　空爆の報道を受け止める

海岸に辿り着く家族
鉄条網を登る男たち
当事者同士だからと頼った　他国の民衆
命取りの地から陸続きを信じていたのだが
あの時　私は空爆を受けたが　今ここにいる
いつか　私は空爆に逃げ惑うかもしれない
あの映像の中に私が　捏造でなく
いるかもしれない　いたかもしれない

「今は大丈夫であるが」と内心よぎるものを
裏付けているのは　戦争の全体像の多様性
常識を拠り所に生きる一般市民どころか
人類のもどかしい多様性の実態
終わりのない戦争の実体
身体の傷も心の傷も　Common Sense も
多様性に絡め取られてしまう

ニヒルとテロル

どこかで　聞いた気がする
誰だっけ　思い出せない
何とかリストって人たちのことを書いていた
メーリングリストじゃないし
シンドラーのリスト
ピアノの魔術師でもない
……リスト　はて?

ニヒルとテロル

穴木　とかなんとか
望み無く　空疎な世界を思わせる言葉
ニヒル　善いのか悪いのか
アヒル　ではないのですよ

テロルはどうもterrorism のことです
うろ覚えですが
こちらといえば　もう全地球規模で認知済みの　悪です
悪の枢軸といわれ狙われる
戦争の大義なのですからね
今や大義は　テロ撲滅です

さて　並列されたニヒルですが
テロルと並び立つ大義たり得るのでしたかね
どうでしょう
誰か　思い出させていただけませんか

言葉を封じられた三十四歳

あのころは　言葉が後から後から浮かんでは
口ずさまれることなく
紙に影だけを残して
潔く消えていった
若い文字は
潑剌としてページを飛び出しそうに
踊っていた

狭い部屋の端正な静寂の中で

物言わず　説教を聞く
胸から響くスピーカーがあったら
百花繚乱の flower shop
各々の色や香りを放って
正義だけが空回りする
　虚ろな静けさを凌いでしまうだろうに

口ずさまれることのなかった若い言葉は
色も香りも見せず　浮かんでは消えていった
ドライフラワーさながら
瑞々しい香気を漂わせたはずの花の
干乾びた末路を暗示する
埃にまみれた屍が　ゆらゆら垂れ下がる花屋の天井
殺伐とした言葉たちの浄土

折り合いのつく花屋はどこだろう

口ずさむべき言葉の安らかな極楽は
老いていく時間と引き換えでは間に合わない
今ある花が　褪せてしまう

ことばよ　うたよ　声をたてよ
途切れなく　にこやかに　静かに
瑞々しい色と香りを蘇らせよ

今は…

I　ママは　元気かい

Tommy　ママは元気かい
パチンコを　相変わらず大好きなんだろうか
おれは　パチンコするたび　思い出してる
Tommy のママは　パチンコが大好きで
アパートの一軒となりの大きなパチンコ屋に
朝から夜更けまで　居たっけ

Tommyが子どもで小学校に行ってたから
寂しかったんだろうか
二人目のパパは　苦労してきたって聞いたけど
とってもいい人で
ママと　年取ってから結婚できて幸せらしかった

Tommyには　本当のパパじゃなかったけど
ママよりよく面倒をみてくれたよな
パチンコのことも咎めないで
仕事にちゃんと出かけて
Tommyの世話もしてくれて

なのにママは　二人目のパパと別れちゃったんだ
いい人だったこと　分かってたんだろうか
パチンコのほうが　大切だったんだろうか
おれは　知らないけど

Tommy　ママはどうしてる
おまえも幸せに暮らしているといいんだが
パチンコは幸せをくれないと思う
おれは　パチンコをするたび　そんな気がする

II　お母さんには黙ってて　なんて言わないで

ここに来たこと　お母さんには知らせないでください
おこられますから

寒いでしょ　ちょっと中に入って
外はこんなに寒いのに　風を切って自転車で
探して来てくれたのね
よく見つかったわね　ここが

お茶でもどうぞ　温まっていって

いいえ　お母さんにおこられますから
ここに来たこと　ほんとに黙っててくださいね
おねがいします

うちに来てくれて　うれしいのよ
わたしのこと覚えていてくれて

お母さんは　おこらない　心配しないで
お母さんは　いつもあなたのこと愛しているから
お母さんは　おこったりしないこと　忘れないでね

あなたを　愛している人は　います
今　立ち止まっている　あなた

だれかに愛されているから
負けないで乗り越えてください

目先の悪意は辛いけど
つれない無視も切ないけれど
愛は　気づかないところで　未来永劫
あなたを包んでいます
幼いころ育ててくれた年寄りや
今は　いない　たくさんの人たちは
いつも見ていて
あなたが　乗り越える力を取り戻すのを
助けてくれています

愛そうとしない人たちに　囲まれていても
決して　諦めないで

Ⅲ　出棺

お父さんとお母さんが　呼んだんだよ
もう　いいからこっちへおいで
おまえも来たいと　心の奥で思っていたんだろう
だって　ずっと会社勤めで日本中を転勤していたのに
生まれた家の土手近くの畑に　家を建てて
終の棲家に　決めたんだから

おふくろが去年いってから　迷っていた
ちょうど一年たった
同じころ　同じようにして　同じところから　そっちにいく
みんなに　会えると思う
だけど　娘や息子　妻のことを考えると迷う
寂しくなるだろう　こっちは

気になるけど　潮時だろうな
この一年の一日一日　おふくろたちのところに向かって
歩いてきたと思う　辛かったけど　かなり苦しかったけど
こういうふうにしてから　やっと
楽になってもいいってことなんだろう
残る四人は　一年の一日一日　俺を見ていて
納得していったはずだ
おじいちゃんおばあちゃんのところに
いこうとしていること
俺がこうして近くにいなくなることをどう思うか分からない
こっちに来てもいいという時まで
たくさんの苦しいことを通り抜けなくちゃならない
何年先か分からないけど　楽になるには　そうだ
そしたら　一人ずつ呼んでやろうと思う
今は　だから

店じまい　ですから

そろそろ　営業時間が終わります
「明日に架ける橋」も流れています

あとどれだけ残っているか定かではありませんが
長くはありません
たのしいことや心地好いことを
シャッターが下りる前にしてしまいます

いやな思いや苦しいことからは逃げるに限ります

逃げるのは　ほんとは辛いのかもしれませんが
もうすぐ行き止まりなので大丈夫です

営業中はいろいろ気が抜けないものです
不測の事態もありますし
それより何より営業成績は大切ですから
健康も損なわれようというものです

そんなこんなもあとすこし
不景気で閉店を余儀なくされたわけじゃないので救われます
リストラされたというわけでもありません
とにかく円満解決ですから
親孝行も少し　しましたし

庭の餌台に　ギャアギャーという俗称のヒヨドリが
パン屑を狙ってきています

わかっているのでしょう
店じまいが　せまっているのですから

たのしいこと心地好いことを
残っている間にしてしまうつもりです
店じまい　ですから

カツコサン

——合唱を追う

三十八年の一日一日　何を思って芸術を
かばい続けていたんだろう

自分の求める芸術
ゲイジュツは　日々の研鑽から生まれるのではなく
日々のありきたりの時間の流れの中に
浮きつ沈みつ　翳をおとす痕跡

三十八年間三百人余の青年　危なっかしい君らと

水面と川底に浮きつ沈みつ姿を見せるゲイジュツの
手摑みした感触を　求め続け
感じたくて　共有したくて

それは空気のような行為だったかもしれないが
たとえ我が身に残ったとはいえないかもしれないが
ゲイジュツをかばって
そんなものを信じてやろうという心意気を持って
前へ進んだ

そういう生き方もあったはずだと
見せてくれた　還暦の母

美咲ちゃん

天使がやってきました
滑らかな肌
ゆかしい口元
清々しい瞳
衣に隠れて見えませんが
どこまでも羽ばたける翼

私たちのちょっとくすんだ地上に
どこまでも清明で浄い天上から

やってきてくれたのです
先に暮らしている私たちのため
心なしか微笑み
「は　は　はぁ」と挨拶しながら
春の盛りの今日　この日
風が強い早朝六時
一日　羽ばたいて　四月三日
皆に早く会いたかったんでしょう
私たちは　知っています
この清浄な天使が
無限の豊穣を与えてくれること

そして　未来に続く
命のひとひかりの魂になることを

今朝　天使がやってきたのです

はげまし

うきうきすることはないか
考えるだけでも

まごころ　というありもしないこころ
すっと繋がった想いだけの　まごころ

やさしさ　という誰もが求める見返り
与えられるほど生易しくはない

いたわり　という思い上がり
辛くなってしまうしっぺ返しの産声

なかよく　とは言うのだが
手っ取り早く我慢するだけのストレス

ふれあい　の空々しさに寒気
セクハラではあるまいし

言葉に騙され続けている
音は想いを
いつも裏切っていることを　忘れちゃいけない
語った言葉の意味や心を
誰もが懐に溜めこんでくれると　そして
言えば言うほど　豊かになるなんて思うな
貧しくなってしまうわたし

誰かの心に入って豊かになることはない

最後は　一言　はげまし
貧しくならないわたしに
つぶやく一言は　はげまし
うきうきすること　考えただけで

一番に咲いたヒヤシンス

H君はね　いじめっ子なの
みんなから嫌われて　仲間はずれされてる
神様が可哀そうだからって
H君のヒヤシンスを
一番早く咲かせてくれたの

一番にお花が咲いて
H君はいいね

神様が咲かせてくれたの

一緒に植えたチューリップは
芽が出てないのも二つあるのに
ヒヤシンスだけもう咲いて　いいな
色はむらさき

嫌われているH君
誰よりも早く　お花が咲く
自転車から倒れ落ちて
痛くて学校を休んだ日
クラスのみんなが噂している

いじめっ子　嫌われ者
H君のヒヤシンスが咲いたのは
神様のおかげです

地下鉄のゴキブリ

二十時三十分　地下鉄T線
階段で　ゴキブリを見た
ゴキブリは　焦っていたらしい
横に走っていた
私は　ゴキブリ以上に
乗り換え電車が気になって
二十一時の発車に急きたてられ
地上に走った
あれは　ほんとにゴキブリだったのだろうか

地下に食べ物が　あるわけないだろう
ゾロゾロ動くたくさんの靴に踏まれることもなく
巧みに　横に動いていた
連れもなく一匹　地下階段を走るゴキブリ
艶のある大きなやつだった
健やかに　よく育っていた

冷たくしない

今まで　可哀そうだった
冷たくばかりしていた
褒めることなどさらさら思わず
一日一日を過ごし　朝と夕べを繰り返した

その年月は　うろ覚えのところもあるが
六十年を経た
固くなってしまった心の襞襞
まったく皺だらけのあり様だ

もういい　ここらで引き返していこう
また　温かく血の通った心になろう
優しく褒めて　喜ばせてやろう

そんなにたくさんのことを　やり切れはしない
一つでも出来たら　喜ぼう
夕食の支度でもいい
床拭きでもいい
洗濯でもいい

石のように横たわるだけではなく　終われた
一日のきらめきの　たった一つを
いとしく喜ぶ優しさを
わたしは　Ｋとわたしに捧げよう

もう楽になってもいい

女々しく泣くな

――二千百六十万人の働く女へ

おんなは女々しく泣くな
泣くのを見せてはいけない
涙は涸れないよ　分かってるさ　いつだってビタビタ
泣けば勝てることも　おんなは知ってる
女々しくなれないのは　損さ
干乾びた科白なんか　男は聞きたくないのだよ

だけどおんなは　自分にだけは負けられない
ビタビタの涙に溢れる体中

おんなが引き受けた個体を　持て余すわけにはいかない
三分の二の涙だらけの体内の
全ての器官を操らなければ　負ける

泣いたおんなは　体内三分の二の水分に負ける
もろもろの男・女に勝つことは
干乾びていく　我が身と引き換え
泣くのをこらえて　雄々しくなれ　おんな

と　私は二十五年前　自分を奮い立たせた
若かった　寄る辺なく心細かった
立ち尽くすばかりだった

齢を重ね　変わりもなく　危なっかしく生きているが
知り人や分かったことが増えた

女々しく泣くほうが　良い時もありそうだ
何も残さず　去っていくことができる

犬の散歩

西日を受けて　眩しい住宅街
百八十度見える視界に　家々
一軒に一つの夢
一つの窓に　一つの願い
横を向く窓は　遠くの山々を望む方角
屋上のソーラーパネルは　光を受け続け
一軒に　何をもたらすのか未知数

家々の隙間を　まっすぐに道

「犬の散歩なんです」
静寂を破るのは　幼児の大人びた科白
夕食までの時間を　彼はどうしているのか
この初秋の休日を　それまでどう過ごしたのか
父と連れ立って　絵に描いたような親子の
すべてを言いつくしてしまう一言
「犬の散歩なんです」

西日はこうしている間も
影を濃くしていく
空はたかく　たかく
雲は連山のレースのように
山の尾根近くに波打っている
ハッチバックドアから　スーパー帰りの主婦の
無言の動作が始まった
あの人は　女医だ

Madame Roulin

わたし　この絵　見た事があります
ボストンで　二十年ほど前のこと
絵葉書を出したと思います
なぜ　オッテルローに　あるんでしょう
緑色の壁の前に座る
緑色のおばさんです

あの絵葉書は幻想だったのでしょうか
MFAで買って　親子三人で寄せ書きしたあと
ホテルの自動販売機で買った割高切手を貼り
投函しました

今　ここにいる緑色のおばさんは
茶会を断り
ボストンをあとにして
オランダオッテルローにやってきたのでしょうか
Joseph Roulin という名の夫が
ボストンには　いました
画家の故郷オランダのほうが魅力的なんでしょうか

このおばさん　不動の安定感です
アメリカだろうが　ヨーロッパだろうが
あたふたしません
肖像に残って　不滅の存在を得ました
ヘアスタイルも緑色のドレスも
ゆるぎない
ゴッホに感謝しなけりゃ　ね　Madame

奥州平泉の決断

東北三代の栄華藤原氏を見に行ってきます
奥の細道を辿れば　また振り出しに戻る
武蔵野の荻の茂る小都市　女子大の町に
戻ってくるまで　千年を遡る

チベットの標高三千六百メートル
一泊四十元の旅は　平行移動で海を渡る
藤原三代は　垂直移動
金ぴかの名残は　あるのだろうか

蟬も鳴いているだろうか
詩歌文学館は　屹立しているだろうか

「人生には　分かれ道に立つ瞬間がある」
と　ドラマの王子は　諭す
分かれ道は　一音一音の言葉や音韻
人生は一音を発する分かれ道の連続
十七文字の短詩形も三十一文字の短詩形も
人生が選んだ一つ一つの決断
十七の決断　三十一の決断

わたしは　三十年の決断
今ここでの　決断

合議制の名のもとに給料

約五時間を費やした
終業後の会議だというのだが
いろいろあるんだ　ややこしいことが
そりゃ　いったいどういうこと
面倒だ　説明するのは
とにかく　五時間も　だ

メールに返事なんかしてられるか

そりゃ　会議のための五時間は
サービスとはいえ給料のうちだから
私用のメールは　まずいでしょ
五時間が大事なわけね
でもね　メールの用件が済んでから
会議中ってわかって
給料のうちってわかって
五時間が大事ってわかって
どうなるの

F総裁も奇しくも五時間かかったね
質問に何一つ答えないで
五時間機密を喋りたてたって　これも
サービスとはいえ　長たる者の給料のうち

何日かかる聴聞だって　給料のうちだからね
聴聞を段取りする小役人の？　大臣の？　総裁の？
よくわからない給料
いや　これはTAX

規範意識ってねぇ

『儲からんのは　あんたのせいや』
という本には　びっくりしたね
なんかすごいことが書いてありそうじゃないですか

学校は採算がとれてるんですか
どうですか　先生
若い者たちの規範意識が低下しているらしいのですが
子供たちの規範意識は大丈夫ですか

生まれた時の赤ん坊は　規範意識が高かったので
家族規模の人類に
遠慮や謹みを持って　迷惑をかけているくらいで
家族愛に相殺されて　生きていました
生まれてきてくれてありがとう　という愛は
規範をのりこえられました

成長するにつれ
家族は人類の一部になって
人類皆兄弟姉妹の境地に　なっていきます
愛は　希釈されていく
関わる人の多さによって
規範意識は増えない
愛が薄まるだけです

悪いことと善いことの分別が

つかなくなってしまった近頃の若い者
という言いがかりは厳しすぎます
愛は揮発してしまい
規範意識が拡散していきます

真面目にしたら　何か報われるの
直向きな志を　茶化してしまわなければ
大人になっていけないのは　人類だから
親も人類の一員なので
愛の発露だと自覚しつつ
だまされることも　覚悟しています

勝坂峠

カンザカは踏切だと思っていました
幼時　一度聞いただけなのに
今も　覚えています
カンザカって　日本語なの
外来のように　聞こえますが
a　n　a　a　と嘆く叫びかもしれない
どうして　線路だと思い　踏切だと
思いこんでしまったんでしょうか

カンザカに住む百歳近い老女が亡くなり
日をおかず　百歳近い夫が亡くなった
大往生だった　うらやましい夫婦だ
と　カンザカとともに幼女が聞いた話
カンザカ　老夫婦の大往生
なぜ　忘れないの

勝坂峠には　山深い集落がある
今も住む人がいるかどうかは　知らない
警報機の音が鳴り響く踏切など　あるはずもない
山を登っていかなければ辿りつけない山間の峠

カンザカトウゲは不思議な不思議なところ
一度聞けば　忘れない

父性

少年のころ　釣りが流行ってた
台風が過ぎると　近くの一級河川は
泥水で溢れていた
こういう時　川には大物がいる
いつも遊んでいる用水路は　アメリカザリガニ程度
大物は　やっぱり一級河川

そんなこと教えてもらったことなかったのに
みんな　家々で同じこと考えてた

電話もまだなかったから　相談なんかしてない
でも　五人も仲間が集まった
僕は　父がやっと買ってくれた新品の釣り竿を
誇らしく担いで　こっそり向かった
一級河川の　まだ見ぬ大物に
竿を引かれる感触に　浮き足立っていた

もう秋だったと思う
帰る時間なんかどうやって知ったんだろう
薄暗くなったかどうか　だったはずだ
まだ　そんな頃合いじゃなかった
大物を何度もとり逃し　仲間も帰ろうとは言わなかった
ほんとに　僕は　夢中だったんだ

父は　僕がいるはずの心当たりを捜していた
友達の家　田んぼの用水路　公会堂の空き地

薄暗いのに帰ってこない一人息子の僕
大水に呑まれてしまったんじゃないか
そう思って　やっぱり夢中だった

大物は無くても　輝く泥姿で帰った僕を
父は　爆発したように叱った
竿を取り上げ　くじいた
薪をへし折るように膝にあて　短くなるまで　くじいた
もう二度と使えない　見れば納得するまで
金輪際釣りはするんじゃないと　言われた気がする

渓流釣りの名所がある町だったから
あの頃には　釣具屋も何軒かあった
店の前を通るたび　へし折られた竿を思い出した
ずっとねだっていて　やっと買ってくれた
一度使ったきりで　父がへし折った釣り竿

僕はもう半世紀を生きた
あの日の父は　釣り竿と娯楽　大水と殺生
いろんなことを　へし折ってしまったんだ
と　思っている

母性

「また　太ったかな」
肥満を揶揄する言葉はたくさんあるので
母は　娘に喧嘩を売る科白にことかかない
夏より五キロも太った
二十歳は　人生で最も肥満する年ごろ
そうだ　人生では　太り続け
女の二十歳は　身体的肥満のピークである

しかし

女は二十歳を過ぎても　生きていく
人生は続くのであるから
別なことで太り続けていくので
揶揄する科白は　永遠にことかかない

「母がまたキレた」
そうして　こうして娘は
太り続けることを期待されているとも知らず
喧嘩を売られたと思っては
何かを体内に蓄積し　肥満していく

娘は　知らずに太っていく
母が揶揄することをやめても　太っていく
脂肪細胞は減らないので
多少の運動（ストレッサー）は
何のダイエット効果も　もたらさない

生きる基礎代謝が　強くなっていくだけだ
母から売られた喧嘩の科白によって
娘の円熟は　もたらされる

ブルームーンの夜

赤子は　満月の深更　生まれた
弥生の晦日
例年より早く満開になった桜の空
ブルームーンの美しい夜

この世のことは　何もわからないが
すやすやと眠って
今ここから　未来への道を　歩き始めた
自分が主役の　未来に広がる我が世

周りには　代わることができない君の世
見守る親族は　脇役ではあるが
ずっと出演し続けるつもりだ
バイプレイヤーたち誰もがそう決めているはず

赤子が　主役のその一生を
健やかに生き続けるよう　祈りつつ
眼差しを　ふりそそぐ

みず菜の漬け物によせて

六つ年上のＫさんに　みず菜の塩漬けをご馳走になった
おれは　山国育ちの田舎者だったから
生まれて初めて食べた
お上品な味だった
Ｋさんは　ビルマで戦死した

今年は　畑にみず菜を蒔いた
Ｋさんを　思い出したが
茹でて　醬油をかけて食べた

塩漬けは　ハイカラな味だと思ったが
みず菜の漬け方を知らないので　無理だ

ビルマに　みず菜を持っていってやりたかった
おれを　かわいがってくれた
ほかのやつには黙っていて
おれだけを　誘ってくれた
おれにとっては　良い人だった

みず菜　食べさせてやりたかったと思う

無言館にて

どうしてなのか分からないが
誰もが丘の坂道を登るうちから無言である
内に言葉を押し込める
　「これから行くのは無言館なんだから
　無言になって　見なくては」
老人が多いのは　どうしてなんだろう
老人はもういいだろうに

充分無言で生きてきたんじゃないか

沈黙する遺作は　言葉を絡め捕る
金縛りにあったように　固まってしまう言葉
解説の文字に見入っていると
繚乱たる声が　館内に溢れる

「分かっています　喋らないようにします」

生を全うした人間の葬送儀礼は
膨大なエネルギーを　残された者から奪う
たった一人でも
そんなふうにして人が死ぬことを分からせる
遺族の残った日々は
その一人の死を包括して生きていく

絵を残して死ぬことは　言葉を封じる
　「これを見て　弔ってほしい」
生きている間は
　「死んだことを　信じてほしい」

あとがき

二〇〇〇年七月、第一詩集を出版した。一生に一度詩集を出せたら……と願ったことが叶った。再び詩集を出したいとも出せるとも思ってはいなかったが、十八年を経て身辺には大きな変化が続き、書いてきた作品を再考し、詩集にまとめてみようという気持ちになった。

若さの勢いでほとばしったと思える言葉の数々。面映ゆい気もする。しかし、と考えなおし、あえて第一詩集『らどりお』以降の自分の精神生活のみっともなさも後悔も、今となっては老いを迎えるためのよすがになると思いなおす。

どうしても収録する気になれない作品もある。まだまだ辛い進行形なのだと、割り切りたい。黒田三郎は言った。「幸せな人は、詩を書くな」と。詩は、私が幸せではなかった時の足跡だったかもしれない。出口を見つけられず、前に進めなかった時、「そうだ、詩を書こう」と、いつも頼っていたのが詩だったのだから。

二〇一八年十二月

村松　英

村松英　むらまつ・えい
一九五四年、山梨県生まれ
二〇〇〇年、詩集『らどりお』（思潮社）
現住所＝〒四〇九―三八二三　山梨県中央市上三條五〇―一四

無《む》言《ごん》館《かん》にて

著者

村松《むらまつ》 英《えい》

発行者

小田久郎

発行所

株式会社 思潮社

〒一六二―〇八四二 東京都新宿区市谷砂土原町三―十五

電話〇三（三二六七）八一五三（営業）・八一四一（編集）

ＦＡＸ〇三（三二六七）八一四二

印刷所

創栄図書印刷株式会社

製本所

小高製本工業株式会社

発行日

二〇一九年三月二十五日